Bibliothèque illustrée de Mademoiselle Lili et de son cousin Lucien

TEXTES PAR STAHL

JOCRISSE ET SA SŒUR

Mᵈ DUVAL

VIGNETTES PAR G. FATH

BIBLIOTHÈQUE
D'ÉDUCATION ET DE RÉCRÉATION
J. HETZEL & Cⁱᵉ, 18, RUE JACOB

PARIS

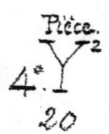

JOCRISSE

ET SA SŒUR

Strasbourg, typographie de G. Fischbach, succr de G. Silbermann. — 1796.

JOCRISSE ET SA SŒUR

Mᴿ DUVAL

VIGNETTES PAR G. FATH

COLLECTION HETZEL

JOCRISSE

ET

SA SŒUR

TEXTE PAR P.-J. STAHL

VIGNETTES PAR G. FATH

BIBLIOTHÈQUE

D'ÉDUCATION ET DE RÉCRÉATION

J. HETZEL & Cie, 18, RUE JACOB

PARIS

—

I

La vieille Nicole, cuisinière chez Monsieur et Madame Duval, présente sa nièce Nicette, la sœur de Jocrisse, à ses maîtres comme bonne d'enfants. — « Elle est encore simple, dit-elle, elle arrive de son village, mais elle se formera.

— J'aurais préféré une bonne moins jeune pour mes enfants, dit Madame Duval, mais elle a une bonne petite figure, et avec vos conseils, Nicole, il faut espérer que cela ira. »

JOCRISSE ET SA SŒUR

LA SŒUR DE JOCRISSE ARRIVE DE SON VILLAGE, MAIS ELLE
SE FORMERA.

II

Jocrisse, le frère de Nicette et le neveu de la vieille Nicole, est depuis un mois domestique dans la maison. Monsieur et Madame Duval vont sortir. Ils le chargent de mettre sa sœur au courant du service pendant leur absence.

« Soyez tranquilles, Monsieur et Madame, dit Jocrisse,

dans notre famille on a l'air bête,

mais on ne l'est pas. »

JOCRISSE ET SA SŒUR

DANS NOTRE FAMILLE, DIT JOCRISSE, ON A L'AIR BÊTE,
MAIS ON NE L'EST PAS.

Il s'agit de mettre le couvert. — Jocrisse a dit à Nicette : « Regarde et fais comme moi, c'est le moyen de ne pas faire de bêtise. »

Il prend une pile d'assiettes, Nicette en prend une autre.

L'imbécile laisse tomber sa pile ; Nicette, très-attentive, est un peu étonnée, cependant elle jette la sienne par terre pour faire comme lui.

La vieille Nicole, attirée par le bruit, est au désespoir.

JOCRISSE ET SA SŒUR

REGARDE ET FAIS COMME MOI, DIT JOCRISSE.

IV

Le lendemain Madame Duval recommande à Nicette de conduire ses deux enfants à la promenade. «Veille bien sur Nanine et surtout sur Porphire, lui dit-elle, il est un peu diable; quant à Nanine, elle est très-étourdie; aie bien soin qu'ils se garent des voitures, prends garde de ne pas les laisser marcher dans les ruisseaux, etc., etc.

— Soyez tranquille, répond Nicette, je les ferai aller rien que dans le bon chemin. »

JOCRISSE ET SA SŒUR

SOYEZ TRANQUILLE, DIT NICETTE, JE LES FERAI ALLER
RIEN QUE DANS LE BON CHEMIN.

V

Au bout de deux heures Nicette rentre.

«Qu'est-ce que c'est que ces enfants-là, s'écrie Madame Duval stupéfaite, ce ne sont pas les miens!

— Je crois bien que si, Madame. En tous cas c'est une fille et un garçon, ça revient au même.

— Malheureuse! dit Madame Duval, qu'as-tu fait de mes enfants?

— Dame! Madame, répond Nicette, ces deux-là m'ont suivie, les deux autres s'échappaient toujours. Je me suis dit que Madame ne perdrait tout de même pas au change. A sa place, j'aimerais autant ces deux-là.»

Heureusement qu'un quart d'heure après, la mère des deux petits inconnus ramenait Nanine et Porphire.

Quand l'échange fut opéré, à la satisfaction générale, Nicette, satisfaite à son tour, s'en alla en disant: «Vous voyez bien que le mal n'était pas si grand.»

JOCRISSE ET SA SŒUR

CE NE SONT PAS MES ENFANTS!

VI

La vieille Nicole est malade, Jocrisse remplace sa tante à la cuisine pour le déjeuner du matin. « Du café, ce n'est pas déjà si malin à faire, a-t-il dit à Madame Duval; Madame sera contente, ma tante m'a tout dit, je sais où est tout, pour faire comme elle. »

La famille est à table. « Quelle horreur! Qu'est-ce que cet animal a mis dans notre café?» dit Monsieur Duval.

Le père, la mère, les enfants et jusqu'au chat, tout le monde a jeté le même cri.

Après enquête on découvre que Jocrisse avait pris le paquet de sel blanc pour le paquet de sucre en poudre, et sucré le café avec du sel.

«Je savais pas, Monsieur, dit Jocrisse, je savais pas! Après tout, le sel n'est pas une mauvaise denrée, on en met dans bien des choses. »

JOCRISSE ET SA SŒUR

QU'EST-CE QUE JOCRISSE A MIS DANS NOTRE CAFÉ?
DIT MONSIEUR DUVAL.

VII

Quelques jours après, Monsieur Duval lisait son journal dans son bain. Trouvant que l'eau était un peu froide et craignant de s'enrhumer, il sonna Jocrisse et lui dit d'aller bien vite chercher à la cuisine de quoi la réchauffer. Il avait repris tranquillement sa lecture, quand Jocrisse, revenu avec un réchaud tout allumé, lui fit la surprise de le vider dans sa baignoire.

Monsieur Duval crie comme un brûlé, qu'il est.

« Les maîtres ne sont jamais contents ! »

dit Jocrisse bien étonné.

JOCRISSE ET SA SŒUR

LES MAÎTRES NE SONT JAMAIS CONTENTS! DIT JOCRISSE
BIEN ÉTONNÉ.

VIII

Jocrisse ayant cru remarquer que le perroquet de Madame Duval s'ennuyait dans sa cage, a eu la délicate attention d'y introduire le chat de la maison pour lui tenir compagnie.

« Minet est gentil, se dit Jocrisse, Jacquot va être content, c'est plus amusant d'être deux. » Mais le pauvre Jacquot n'a pas été content du tout. Minet a entamé la conversation par un coup de griffe. Jacquot a riposté. Une bataille en règle s'est engagée, et Minet s'étant trouvé le plus fort, il a étranglé l'infortuné Jacquot.

Madame Duval s'évanouit à la vue des restes inanimés de son oiseau chéri.

JOCRISSE ET SA SŒUR

MADAME DUVAL S'ÉVANOUIT.

IX

Jocrisse est ravi. Il a enfin trouvé une bonne occasion de réparer ses sottises et de prouver à son maître qu'il est capable d'attention.

Une guêpe est venue se poser sur la joue de Monsieur Duval. Il n'y a pas un instant à perdre, car elle pourrait s'envoler. Au moyen d'une bonne gifle appliquée par Jocrisse sur la joue de Monsieur Duval, il parvient à écraser net l'insecte coupable.

« Elle ne recommencera pas, » dit-il à Monsieur Duval.

Espérons pour Monsieur Duval qu'il a traité cet imbécile de Jocrisse de façon à lui ôter, à lui aussi, l'envie de recommencer.

JOCRISSE ET SA SŒUR

COMMENT JOCRISSE RÉPARE SES SOTTISES.

X

Cette fois Jocrisse et Nicette se sont mis à deux pour commettre une bêtise.

On leur a recommandé de faire rafraîchir le vin dans de l'eau tirée du puits. Au lieu de faire baigner les bouteilles dans le seau qu'ils viennent de tirer, ils y vident à qui mieux mieux le vin des bouteilles.

Je prévois que cette fois les maîtres n'auront pas encore lieu d'être bien contents.

JOCRISSE ET SA SŒUR

DEUX POUR FAIRE UNE BÊTISE.

XI

Monsieur Duval et sa femme sont partis pour passer deux jours à la campagne. Ils ont recommandé à la vieille Nicole de profiter de leur absence pour faire tout nettoyer à fond.

Pour faire preuve de zèle, Jocrisse et sa sœur font prendre un bain, l'un au violon de leur maître, l'autre à la pendule de son cabinet.

La vieille Nicole est consternée et leur crie qu'ils déshonorent ses cheveux blancs.

JOCRISSE ET SA SŒUR

AUTRE SOTTISE.

XII

Aujourd'hui c'est la pauvre Nicette toute seule qui se charge d'être bête : l'oncle de Monsieur Duval, dont un coup de vent et une ondée avaient défrisé la perruque, a chargé Nicette de la lui friser.

Nicette a fait rougir le fer à blanc : la perruque, les papillotes, tout est en flammes.

L'oncle de Monsieur Duval demande à son neveu dans quel troupeau d'oies il a été dénicher Nicette.

JOCRISSE ET SA SŒUR

LA PERRUQUE EST EN FLAMMES.

XIII

En bassinant le lit de leur maître, Jocrisse et Nicette s'aperçoivent que cela sent le roussi. C'est un petit charbon qui a sauté de la bassinoire dans le lit. « Attends, dit Nicette à Jocrisse, Monsieur ne s'en apercevra pas. » Elle vide la carafe dans le lit de Monsieur Duval. Monsieur Duval ne brûlera pas, c'est vrai, mais il gèlera.

Ce n'était pas la peine de faire bassiner son lit pour après coucher dans l'eau.

JOCRISSE ET SA SŒUR

CE N'ÉTAIT PAS LA PEINE DE FAIRE BASSINER SON LIT
POUR APRÈS COUCHER DANS L'EAU.

XIV

Dans un grand dîner donné par les époux Duval à leurs meilleurs amis, Jocrisse s'est trompé de bouteille et a assaisonné la salade avec de l'huile..... de ricin !

Tous les convives qui avaient passé au jardin pour prendre le café, sont dans un état déplorable.

La salade fait son effet, c'est horrible !

JOCRISSE ET SA SŒUR

LA SALADE FAIT SON EFFET, C'EST HORRIBLE!

XV

Jocrisse, qui apportait de l'eau bouillante pour le thé,
est distrait par une mouche qui bourdonne à son oreille, et
vide sa bouilloire dans le milieu de la chambre. — « Cela
peut arriver à tout le monde, dit-il, d'être dérangé
par une mouche. »

JOCRISSE ET SA SŒUR

JOCRISSE EST DISTRAIT PAR UNE MOUCHE.

XVI

Nicette, chargée de faire la toilette de Nanine et de Porphire, a mis leurs habits à l'envers. Le temps est à la pluie et on lui saura gré bien sûr d'avoir pensé à ménager les habits neufs de ses jeunes maîtres.

Madame Duval se demande si la malheureuse fille a perdu la raison.

JOCRISSE ET SA SŒUR

NICETTE A-T-ELLE PERDU LA RAISON?

XVII

La famille Duval est à la campagne. Monsieur Duval a acheté des chèvres pour traîner une jolie voiture qu'il a donnée à ses enfants.

Il a prévenu Jocrisse qu'elles étaient un peu ombrageuses et qu'il ferait bien de prendre quelques précautions.

Pour obvier à ce défaut des chèvres, Jocrisse a l'heureuse idée de les atteler la croupe en avant.

« Comme cela, dit-il, elles ne prendront pas le mors aux dents. »

JOCRISSE ET SA SŒUR

COMME CELA LES CHÈVRES NE PRENDRONT PAS LE MORS
AUX DENTS.

XVIII

Jocrisse et Nicette, au lieu d'aller couper de l'herbe aux champs pour les lapins de Mademoiselle Nanine et de Porphire, ont trouvé plus court de les mettre dans des paniers, de les emmener à la promenade dans le bois et de les faire goûter sur l'herbe.

« Ils mangeront plus à leur aise, se disent-ils, leur nourriture sera plus fraîche, et nous n'aurons pas la peine de la couper. »

Mais une fois sortis de leurs paniers, les lapins refusent d'y rentrer. Jocrisse et sa sœur s'évertuent, mais en vain, à les rattraper. Plus malin qu'eux n'y réussirait pas.

JOCRISSE ET SA SŒUR

UNE FOIS SORTIS DE LEURS PANIERS, LES LAPINS REFUSENT
D'Y RENTRER.

XIX

Jocrisse et Nicette ont eu la bonne pensée de vouloir envoyer un cadeau à leur grand'mère. Savez-vous ce qu'ils ont trouvé de mieux à lui offrir, après avoir couru de magasin en magasin dans toute la longueur de la rue des Martyrs : une superbe couronne d'immortelles jaunes, au milieu de laquelle on lit en belles lettres noires ces mots :

A MA MÈRE.

« On l'aurait tressée exprès pour nous, disent-ils en la montrant avec fierté à leur tante, qu'elle n'aurait pas mieux fait notre affaire. » La vieille Nicole, exaspérée, s'épuise à leur expliquer que ces couronnes-là ne sont pas pour les vivants, et qu'on ne les dépose que sur la tombe des morts. Jocrisse et Nicette persistent à trouver que leur couronne fera grand plaisir à leur grand'mère.

« Ça pourra toujours lui servir pour plus tard, » dit, en fin de compte, Jocrisse à sa tante.

« Quelles brutes ! s'écrie la vieille Nicole; si ce n'est pas désolant d'en avoir de pareilles dans sa famille. »

La couronne est partie. Jocrisse persiste à penser que sa tante n'est pas raisonnable, et que leur grand'mère sera très-touchée de leur attention.

ÇA POURRA TOUJOURS LUI SERVIR POUR PLUS TARD,
DIT JOCRISSE.

XX

Il pleut à verse. On a envoyé Jocrisse chercher les enfants à leur pension avec un parapluie. Il les ramène ruisselants d'eau.

Qu'est-ce qu'on a encore à lui crier qu'il est un nigaud? Est-ce qu'il n'a pas eu soin de tenir le parapluie au-dessus de leurs têtes?

« Vous ne voyez donc pas qu'il s'est retourné, votre parapluie?

— Je le vois à présent, dit Jocrisse, mais je ne l'ai pas vu dans le chemin, Madame m'avait bien recommandé de toujours regarder aux pieds du petit monsieur et de la petite demoiselle... »

JOCRISSE ET SA SŒUR

IL LES RAMÈNE RUISSELANTS D'EAU.

XXI

Monsieur Duval a un ami qui est très-gros. Il envoie Jocrisse lui retenir deux places à la diligence, pour que malgré son embonpoint il puisse être à son aise, sans gêner ses voisins.

Jocrisse, bien avisé, a retenu les deux places, seulement l'une est dans le coupé et l'autre dans la rotonde.

Le gros monsieur trouve que celle-là est trop forte, Monsieur Duval aussi.

JOCRISSE ET SA SŒUR

JOCRISSE A RETENU DEUX PLACES POUR LE GROS MONSIEUR,
L'UNE DANS LE COUPÉ, L'AUTRE DANS LA ROTONDE.

XXII

Monsieur Duval, à bout de patience, a envoyé Jocrisse et sa sœur dans une de ses fermes. Si ce n'avait été par considération pour leur pauvre vieille tante Nicole, il les eût envoyés dans la lune, d'où ils ont l'air d'être tombés.

J'ai bien peur que même à la basse-cour Nicette et Jocrisse ne trouvent pas des créatures au niveau de leur intelligence.

FIN

JOCRISSE ET SA SŒUR

JOCRISSE ET SA SŒUR SONT RENVOYÉS A LA BASSE-COUR.

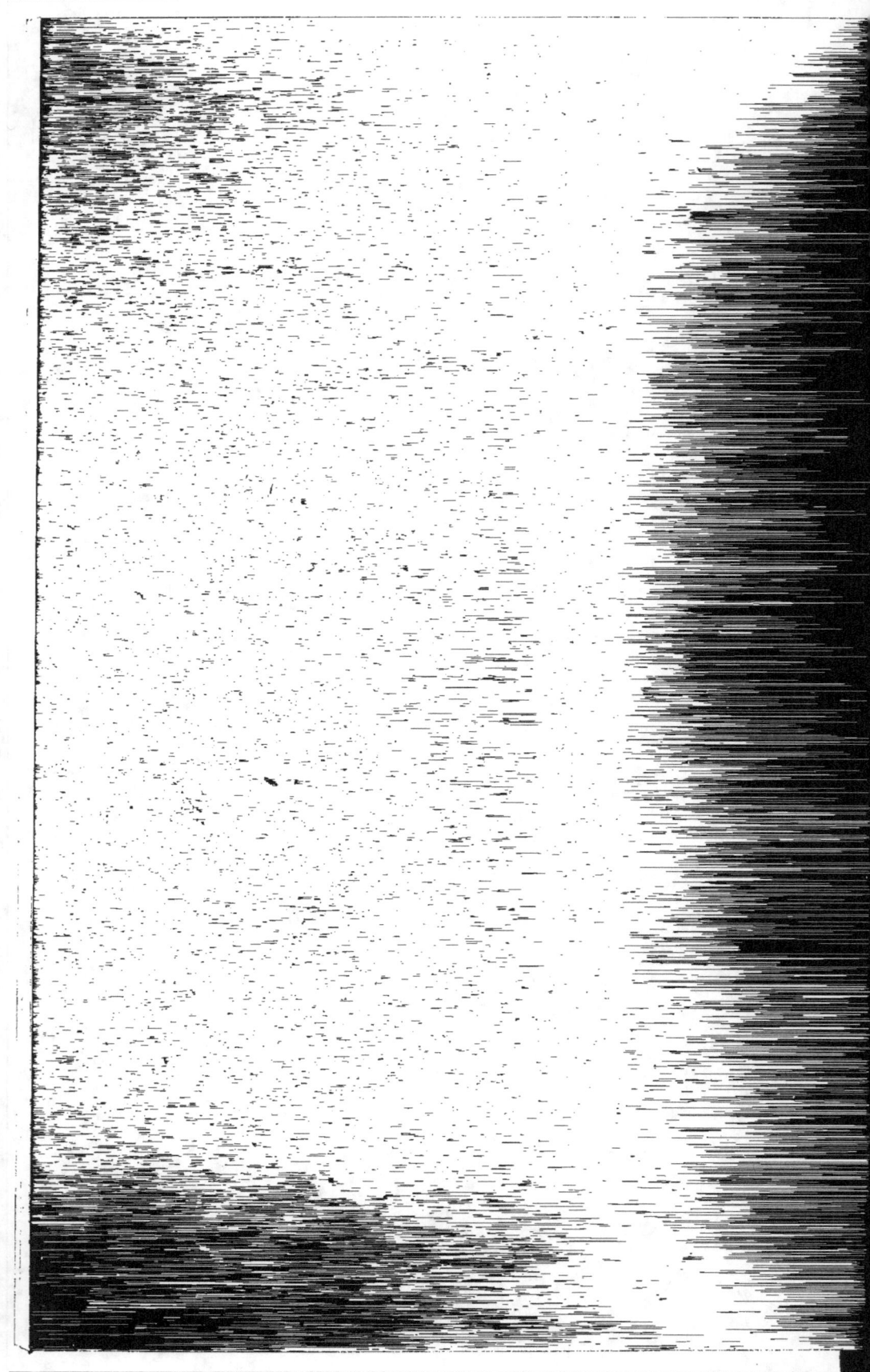

J. HETZEL & Cie, 18, rue Jacob. — PARIS.

Bibliothèque illustrée de Mademoiselle Lili et de son cousin Lucien.

56 ALBUMS STAHL — DESSINS DE FRŒLICH

en 3, 7, 8, 9 et 12 couleurs.

	Cart.	Rel.
*LE ROI DAGOBERT, 8 planches	1f 50c	3f »c
*GIROFLÉ, GIROFLA, 8 planches	1 50	3 »
*LE POMMIER DE ROBERT, 8 planches	1 50	3 »
LA BRIDE SUR LE COU, 8 planches	1 50	3 »
LA TOUR, PRENDS GARDE, 8 planches	1 50	3 »
MALBROUGH S'EN VA-T-EN GUERRE, 8 planches	1 50	3 »
LA BOULANGÈRE A DES ÉCUS, 8 planches	1 50	3 »
LE CIRQUE A LA MAISON, 8 planches	1 50	3 »
IL ÉTAIT UNE BERGÈRE, 8 planches	1 50	3 »
LE MOULIN A PAROLES, 8 planches	1 50	3 »
MONSIEUR CÉSAR, 12 planches	1 50	3 »
HECTOR LE FANFARON, 8 planches	1 50	3 »
CADET ROUSSEL, 8 planches	1 50	3 »
AU CLAIR DE LA LUNE, 8 planches	1 50	3 »
JEAN LE HARGNEUX, 16 planches	2 »	3 50
HISTOIRE D'UN AQUARIUM ET DE SES HABITANTS, texte par VAN BRUYSSEL, 8 dessins par RIOU	5 »	7 50

PREMIER ET SECOND AGES — JEUNES FILLES — JEUNES GARÇONS.

ALBUMS STAHL.

	Cart.	Rel.
*CERF-AGILE, Histoire d'un petit Sauvage, 23 dessins par FRŒLICH	3f »	5f »c
*HISTOIRE D'UN PERROQUET, 24 dessins par PIRODON	3 »	5 »
*JOCRISSE ET SA SŒUR, 24 dessins par FATH	3 »	5 »
*LES TRAVAUX D'ALSA, 24 dessins par SCHULER	3 »	5 »
L'A PERDU DE Mlle BABET, 24 dessins par FRŒLICH	3 »	5 »
LA GRAMMAIRE DE Mlle LILI, par JEAN MACÉ, 24 dessins par FRŒLICH	3 »	5 »
HISTOIRE DE BOB AINÉ, 32 dessins par PIRODON	3 »	5 »
LE ROSIER DU PETIT FRÈRE, 24 dessins par LALAUZE	3 »	5 »
HISTOIRE D'UNE MÈRE, 25 dessins par COINCHON	3 »	5 »
LES BONNES IDÉES DE Mlle ROSE, 24 dessins par DETAILLE	3 »	5 »
PIERROT A L'ÉCOLE, 53 dessins par G. FATH	3 »	5 »
LES MÉFAITS DE POLICHINELLE, 32 dessins par G. FATH	3 »	5 »
ALPHABET DE Mlle LILI, 30 dessins par FRŒLICH	3 »	5 »
L'ARITHMÉTIQUE DE Mlle LILI, 38 dessins par FRŒLICH	3 »	5 »
BONSOIR, PETIT PÈRE, 24 dessins par FRŒLICH	3 »	5 »
LES CAPRICES DE MANETTE, par le Mis DE CHENNEVIÈRES, 24 dessins par FRŒLICH	3 »	5 »
LES COMMANDEMENTS DU GRAND-PAPA, 32 dessins par FRŒLICH	3 »	5 »
LA JOURNÉE DE Mlle LILI, 24 dessins par FRŒLICH	3 »	5 »
LE PETIT DIABLE, 33 dessins par FRŒLICH	3 »	5 »
Mlle LILI A LA CAMPAGNE, 27 dessins par FRŒLICH	3 »	5 »
MONSIEUR TOC-TOC, 26 dessins par FRŒLICH	3 »	5 »
LE PREMIER CHEVAL ET LA PREMIÈRE VOITURE, 24 dessins par FRŒLICH	3 »	5 »
LES PREMIÈRES ARMES DE Mlle LILI, 25 dessins par FRŒLICH	3 »	5 »
L'OURS DE SIBÉRIE, 24 dessins par FRŒLICH	3 »	5 »
LA BOITE AU LAIT, 32 dessins par FROMENT	3 »	5 »
HISTOIRE D'UN PAIN ROND, 34 dessins par FROMENT	3 »	5 »
CAPORAL, LE CHIEN DU RÉGIMENT, 26 dessins par LANÇON	3 »	5 »
LE PETIT TYRAN, 24 dessins par A. MARIÉ	3 »	5 »
LES PETITES AMIES, 24 dessins par O. PLETSCH	3 »	5 »
*ODYSSÉE DE PATAUD ET DE SON CHIEN FRICOT, 100 dessins par CHAM	5 »	7 50
PIERRE LE CRUEL, 35 dessins par GRISET	5 »	7 50
LE ROYAUME DES GOURMANDS, 48 dessins par FRŒLICH	5 »	7 50
MADEMOISELLE MOUVETTE, 49 dessins par FRŒLICH	5 »	7 50
LA RÉVOLTE PUNIE, 45 dessins par FRŒLICH	5 »	7 50
VOYAGE DE Mlle LILI AUTOUR DU MONDE, 49 dessins par FRŒLICH	5 »	7 50
VOYAGE DE DÉCOUVERTES DE Mlle LILI, 49 dessins par FRŒLICH	5 »	7 50
LA BELLE PETITE PRINCESSE ILSÉE, 44 dessins par FROMENT	5 »	7 50
LA CHASSE AU VOLANT, 45 dessins par FROMENT	5 »	7 50
AVENTURES DE TROIS VIEUX MARINS, 38 dessins par GRISET	5 »	7 50
LE PREMIER LIVRE DES PETITS ENFANTS, 36 dessins par TH. SCHULER	5 »	7 50

Les Nouveautés pour 1877 sont marquées d'une *.

MAGASIN ILLUSTRÉ D'ÉDUCATION
ET DE RÉCRÉATION
COURONNÉ PAR L'ACADÉMIE FRANÇAISE.

DIRECTEURS: JEAN MACÉ, P.-J. STAHL, JULES VERNE.

Abonnement d'un an : Paris, 14 fr.; Départements, 16 fr.; Union postale, 17 fr.

Strasbourg, typographie de G. Fischbach succr de G. Silbermann. — 2758.

www.ingramcontent.com/pod-product-compliance
Lightning Source LLC
Chambersburg PA
CBHW061653180626
46818CB00003B/1085